VENTE

Du Jeudi 15 Juin 1911

HOTEL DROUOT, SALLE N° 10

À DEUX HEURES ET DEMIE

✠

TABLEAUX ANCIENS

Mᵉ F. LAIR-DUBREUIL

COMMISSAIRE-PRISEUR

M. GEORGES SORTAIS

EXPERT

PRÈS LE TRIBUNAL CIVIL

CATALOGUE

DES

TABLEAUX ANCIENS

Par

DE MARNE, DUCREUX (J.), GILLOT (CLAUDE),
FRANCK HEEMSKERK, LAGRENÉE (L'AINÉ), LARGILLIERRE (NICOLAS DE),
MEEL (JEAN), MOLENAER, MONNOYER (J.-B.), MURILLO (E.),
OUDRY (J.-B.), RIGAUD (HYACINTHE),
ROBERT (HUBERT), SCHEFFER (ARY), VERDUSSEN (J.-P.), VERNET (CARLE)

APPARTENANT A DIVERS

Et dont la Vente aux Enchères publiques aura lieu à Paris

HOTEL DROUOT, SALLE N° 10
LE JEUDI 15 JUIN 1911

A 2 HEURES 1/2 PRÉCISES

Mᵉ F. LAIR-DUBREUIL	**M. GEORGES SORTAIS**
COMMISSAIRE-PRISEUR	EXPERT-PEINTRE PRÈS LE TRIBUNAL CIVIL
6, rue Favart	11, rue Scribe

EXPOSITION PUBLIQUE
Le Mercredi 14 Juin 1911, de 1 h. 1/2 à 6 h.

CONDITIONS DE LA VENTE

Elle sera faite au comptant.

Les adjudicataires paieront *dix pour cent* en sus des enchères.

L'exposition mettant le public à même de se rendre compte de l'état et de la nature des objets, aucune réclamation ne sera admise une fois l'adjudication prononcée.

Paris — Imp. de l'Art, CH. BERGER, 41, rue de la Victoire.

DÉSIGNATION

BELLE (École de Simon)

1 — *Portrait d'Homme.*

Les cheveux bouclés, vêtu d'une tunique de velours rose à boutons d'or, le manteau relevé sur l'épaule.

Haut., 73 cent.; larg., 60 cent.

BOL (D'après Ferdinand)

2 — *Portrait d'un Jeune Homme.*

Toile. Haut., 20 cent.; larg., 17 cent.

BOUCHER (D'après F.)

3 — *Baigneuses au bord de l'eau.*

Deux jeunes femmes nues sont poursuivies par un cygne dans un paysage.

Copie ancienne.

Toile. Haut., 59 cent.; larg., 73 cent.

BOUCHER (École de François)

4 — *La Chute d'eau.*

Des pêcheurs et une femme vont jeter leur filet dans une rivière qu'encadrent des arbres au milieu des rochers.

Toile. Haut., 1 m. 20 cent.; larg., 1 m. 55 cent.

Encadrement chantourné en bois sculpté et doré.

Cette peinture a été agrandie.

BOUCHER (École de François)

5 — *La Pêche à la ligne.*

Au premier plan, un pêcheur et sa compagne pêchent à la ligne dans un cours d'eau au milieu des rochers, encaissé parmi des bouquets d'arbres.

Toile. Haut., 1 mètre; larg., 1 m. 55 cent.

Encadrement chantourné en bois sculpté et doré.

Cette peinture a été agrandie.

BOUCHER (École de François)

6 — *Ruines dans un paysage.*

Une jeune femme assise sur un tertre tend la main à un petit garçon; à droite, un homme est assis sur un arbre.

Toile. Haut., 1 mètre; larg., 1 m. 45 cent.

Encadrement chantourné en bois sculpté et doré.

Cette peinture a été agrandie.

BOURDON (École de Sébastien)

7 — *Portrait d'un Lieutenant-Général, vêtu d'une cuirasse.*

Toile ovale. Haut., 73 cent.; larg., 60 cent.

Cadre Louis XIV en bois sculpté.

CHARPENTIER (Attribué à)

8 — *Portrait d'Homme.*

Vu à mi-corps de face, assis dans une chaise, il tient son tricorne de la main droite.

Toile. Haut., 62 cent.; larg., 46 cent.

12. — Clouet (École des)

43. — École Italienne (XVIe siècle)

CAILLARD

9 — *Portrait de Femme en Savoyarde.*

Elle est représentée en buste, la tête encapuchonnée d'une gaze blanche, vêtue d'un corsage brun à rubans de soie bleue, elle s'appuie de la main sur une serviette.

Toile. Haut., 62 cent.; larg., 50 cent.

CLOUET (École des)

10 — *Portrait de Léonard d'Orléans, marquis de Longueville.*

Coiffé d'une toque de velours à plume blanche, vêtu d'un pourpoint de velours brun à losanges noirs.

Bois. Haut., 30 cent.; larg., 23 cent

CLOUET (École des)

11 — *Portrait d'un Seigneur.*

Vu à mi-jambes, coiffé d'une toque de velours à plume jaune, vêtu d'un pourpoint de velours noir à longs crevés, les manches sont de soie jaune ; la main gauche appuyée sur la garde de son épée, la droite sur la hanche.

Bois. Haut., 23 cent.; larg., 16 cent 1/2.

CLOUET (École des)

12 — *Portrait de Louise de Lorraine Vaudémont.*

Vue en buste de trois quarts vers la droite, coiffée de petites frisures, un cabochon orné de pierres au sommet de la tête, son cou encadré d'une collerette tuyautée cachant en partie un collier orné de grosses perles et pierres précieuses.

Toile. Haut., 30 cent. 1/2; larg., 20 cent.

(Ancienne Collection G. de M.)

CLOUET (École des)

13 — *Portrait d'un Jeune Seigneur*.

Vêtu de noir, la main droite sur la hanche. Il tient des gants de la main gauche.

Bois. Haut., 56 cent.; larg., 40 cent.

DE MARNE (dit DEMARNETTE)

14 — *La Croix de pierre*.

Au milieu d'un paysage, une paysanne montée sur un âne conduit deux vaches au marché ; à sa gauche, une femme est agenouillée devant une croix de pierre ; à droite, un batelier vient de traverser une rivière dont les eaux serpentent et se perdent dans l'horizon.

Toile. Haut., 24 cent.; larg., 32 cent. 1/2.

DE MARNE (dit DEMARNETTE)

15 — *Les Trois Vaches*.

Au milieu, trois vaches se reposent sur la rive gauche ; derrière, un bateau traverse la rivière.

A droite, au pied de l'arche d'un pont en ruines, deux femmes sont posées dans un bateau ; plus loin à droite, le porche d'une chaumière ; tout au fond, à gauche, un moulin à vent.

Toile. Haut., 24 cent.; larg., 32 cent. 1/2.

DE MARNE (dit DEMARNETTE)

16 — *Le Moulin à eau*.

Devant la porte du moulin, un meunier décharge le bât d'un cheval blanc ; tout au premier plan, un paysan est entré dans le gué ; à l'extrême droite, une paysanne, montée sur un âne, se détache sur la rive du fleuve qui serpente à perte de vue.

Toile. Haut., 24 cent.; larg., 32 cent. 1/2.

18. — De Marne

19. — De Marne

DE MARNE (dit Demarnette)

17 — *Le Curé de la Chapelle.*

Au milieu d'un ruisseau, un paysan et sa compagne portent un pasteur assis sur un bâton ; devant, chèvres, moutons et vaches se dirigent vers un coteau boisé ; à gauche, un paysan assis à terre se déchausse ; près de lui, un âne portant dans son bât un dindon, et des bestiaux.

Toile. Haut., 24 cent.; larg., 32 cent. 1/2.

DE MARNE (dit Demarnette)

18 — *La Fenaison.*

Au milieu d'un paysage, des hommes chargent du foin dans une charrette attelée de deux chevaux près de grands arbres, lesquels se détachent sur l'eau torrentueuse qui passe sous un pont où un messager conduit une charrette se détachant sur la tour d'un ancien château ; à l'arrière-plan, plus à droite, un moulin se dresse sur un paysage à terrain découvert, le ciel est orné de quelques nuages orageux.

Toile. Haut., 24 cent.; larg., 32 cent. 1/2.

DE MARNE (dit Demarnette)

19 — *Le Passage du gué.*

Au milieu d'une rivière, un batelier transporte deux paysannes et un homme tirant un chien ; à droite, sur la rive, un autre batelier cause avec une paysanne dont les vaches qu'elle conduit se désaltèrent ; derrière, des paysans attablés devant une chaumière, à l'ombre de grands arbres ; à l'arrière-plan, à gauche, un troupeau de vaches sort d'une ferme qu'encadre un bouquet d'arbres ; le ciel est bleu et orné de légers nuages blancs.

Toile. Haut., 50 cent.; larg., 60 cent.

DE MARNE (dit Demarnette)

20 — *Le Coteau.*

Au bord d'une rivière, un paysan dans une barque pêche à la ligne ; à gauche, sur la rive, une paysanne conduit deux vaches à l'abreuvoir ; plus loin, une femme, montée sur un cheval blanc, conduit un troupeau de moutons et va prendre le chemin montueux qui longe une chapelle éclairée par le soleil dans un encadrement d'arbres. Dans le fond, à droite, sur la rive opposée, un pont traverse la rivière.

Toile. Haut., 24 cent.; larg., 32 cent. 1/2.

DOLCI (École de Carlo)

21 — *Sainte Agnès tenant un agneau.*

Toile. Haut., 62 cent.; larg 51 cent.

DUCREUX (Joseph)

22 — *Portrait d'un Jeune Garçon.*

Vue de face en buste, la tête tournée vers la droite, il est vêtu d'un habit gris orné d'un col de dentelle.

Pastel ovale. Haut., 48 cent.; larg., 40 cent.

DUPLESSIS (École de C. Michel H.)

23 — *La Halte au camp.*

Un paysan prépare la mangeoire d'un cheval blanc.

Bois. Haut., 14 cent.; larg., 17 cent. 1/2.

Pendant du précédent.

(Ancienne Collection du Marquis de H.)

DUPLESSIS (École de C. Michel II.)

21 — *Cavalier monté sur un cheval blanc, passant près d'un groupe.*

Bois. Haut., 14 cent.; larg., 17 cent. 1/2.

Pendant du suivant.

(Ancienne Collection du Marquis de H.)

ÉCOLE ALLEMANDE (xviiie siècle)

25 — *Portrait d'une Archiduchesse d'Autriche.*

Elle est représentée en buste de trois quarts à droite, les cheveux, les oreilles et le cou ornés de diamants; elle est vêtue d'un corsage décolleté garni de fine dentelle, les épaules recouvertes d'un manteau de velours rouge bordé d'hermine.

Toile. Haut., 68 cent.; larg., 52 cent.

ÉCOLE ALLEMANDE (xvie siècle)

26 — *Suzanne et les Vieillards.*

Entièrement nue, assise sur un banc, au bord d'un bassin, les pieds reposant dans l'eau, la chaste Suzanne écoute les propos que lui tiennent les deux vieillards qui sont à ses côtés.

Bois. Haut., 75 cent.; larg., 93 cent.

ÉCOLE ANGLAISE (xviiie siècle)

27 — *Portrait d'Homme.*

Vu en buste de face, coiffé d'une perruque poudrée, vêtu d'un habit rouge.

Toile ovale. Haut., 60 cent.; larg., 50 cent.

ÉCOLE FLAMANDE (xvɪɪᵉ siècle)

28 — *Le Festin du Cardinal.*

Cuivre. Haut., 36 cent.; larg., 47 cent.

Cadre Louis XV en bois sculpté et doré.

ÉCOLE FLAMANDE

29 — *La Glorification de la Vierge.*

La Vierge nimbée d'or, vêtue d'une robe bleu brodée d'or, est entourée d'enfants qui l'encensent en s'élevant dans les nuages.

Cuivre. Haut., 37 cent.; larg., 28 cent.

Cadre en marqueterie d'ivoire.

ÉCOLE FLAMANDE (Fin du xvɪᵉ siècle)

30 — *La Vierge à l'épée.*

Encadrement de sept médaillons de la vie du Christ.

Bois. Haut., 73 cent.; larg., 87 cent.

ÉCOLE FLAMANDE

31 — *Nature morte.*

Gouache.

Deux pendants.

Haut., 17 cent.; larg., 22 cent.

Cadre en bronze doré surmonté de deux pigeons posés sur un carquois.

ÉCOLE FRANÇAISE (xviie siècle)

32 — *Portrait d'un Cardinal.*

> Vu à mi-corps, tenant un Christ dans la main droite.
>
>> Bois. Haut., 23 cent. 1/2 ; larg., 16 cent.
>
> Mauvais état.
>
> Cadre Louis XIV en bois sculpté.

ÉCOLE FRANÇAISE (xviiie siècle)

33 — *Naissance de Bacchus.*

>> Toile. Haut., 65 cent.; larg., 80 cent.

ÉCOLE FRANÇAISE (Fin du xvie siècle)

34 — *Portrait d'un Jeune Seigneur.*

> Vu en buste de trois quarts vers la droite, colleté
> d'une fraise, vêtu du pourpoint de velours noir et man-
> teau de drap brun.
>
>> Bois. Haut., 24 cent.; larg., 20 cent.
>
> *(Ancienne collection G. de M.)*

ÉCOLE FRANÇAISE (xviiie siècle)

35 — *Portrait d'un Jeune Garçon.*

> Vu à mi-corps vers la gauche, la tête presque de
> face, la main dans son gilet ; il est vêtu d'un habit de
> soie gorge de pigeon.
>
>> Pastel ovale. Haut., 52 cent.; larg., 39 cent.

ÉCOLE FRANÇAISE (xviiie siècle)

36 — *L'Amour tenant une flèche.*

Haut., 19 cent.; larg., 17 cent.

Cadre ovale.

ÉCOLE FLAMANDE
(Commencement du xviie siècle)

37 — *La Seine à Paris.*

A gauche, le Louvre ; dans le milieu et au fond, le Pont-Neuf et les monuments de la Cité.

Très rare spécimen de vue d'ensemble.

Toile. Haut., 1 mètre ; larg., 2 m. 10 cent.

ÉCOLE FRANÇAISE

38 — *Fleurs.*

Dessus de porte.
Deux pendants.

Haut., 55 cent.; larg., 1 m. 45 cent.

Cadres Louis XV.

ÉCOLE HOLLANDAISE

39 — *Portrait présumé d'une Princesse d'Orange.*

Assise dans un paysage, la chevelure blonde, vêtue d'un corsage décolleté en satin gris à jupe de brocart d'or, une écharpe de satin jaune sur la poitrine ; elle tient de la main gauche une pomme, et présente de la main droite une fontaine ; derrière, une colonne se détachant sur un bouquet d'arbres sombre.

Toile. Haut., 54 cent.; 46 cent.

Cadre en bois sculpté.

ÉCOLE HOLLANDAISE

40 — *Le Marchand de poissons.*

Derrière son étal, où sont posés des poissons, un marchand allume sa pipe à un réchaud.

Bois. Haut., 27 cent. 1/2 ; larg., 24 cent. 1/2.

Pendant du suivant.

Signé et daté en bas au milieu : *Ameryn, 1665.*

(Ancienne Collection du Marquis de H.)

ÉCOLE HOLLANDAISE

41 — *La Marchande de poissons.*

Derrière son étal, où sont posés des soles et d'autres poissons, une marchande les mains croisées attend la clientèle.

Bois. Haut., 27 cent. 1/2 ; larg., 24 cent. 1/2.

Pendant du précédent.

Signé et daté en bas à droite : *Ameryn, 1665.*

(Ancienne Collection du Marquis de H.)

ÉCOLE HOLLANDAISE (xviiᵉ siècle)

42 — *Portrait d'un Prince hollandais.*

Debout devant une balustrade de pierres, vêtu d'un justaucorps bleu brodé d'or, un manteau rose jeté sur l'épaule, ses manches sont de brocart d'or ; la main droite appuyée sur la hanche, de la gauche il caresse un chien.

Il se détache sur un paysage ; un rideau est relevé devant une colonne de marbre noir.

Signature en bas à gauche presque illisible.

Bois. Haut., 35 cent.; larg., 28 cent.

(Ancienne Collection du Marquis de H.)

ÉCOLE ITALIENNE (xvie siècle)

43 — *Portrait de Dom Ferdinand de Ruis, Comte de Lemnopvice, roi de Naples, sous le nom de Philippe III, en 1597.*

Vu en buste presque de face vers la droite et vêtu d'un pourpoint de buffle blanc à boutons et liserés d'or.

Bois. Haut., 20 cent.; larg., 14 cent.

Cadre de la fin du xvie siècle.

(Ancienne Collection G. de M.)

FLINCK (Attribué à Govaert)

44 — *Portrait de Femme.*

De trois quarts à gauche, sa chevelure ornée de perles et piquée d'une plume blanche, elle est vêtue d'un corsage de drap brun orné de joyaux.

Toile. Haut., 62 cent.; larg., 48 cent.

FOUCQUET (École de Jehan)

45 — *Portrait de Charles VII, roi de France.*

En buste de trois quarts vers la droite, coiffé d'un chapeau de velours à broderies d'or en forme de losanges, vêtu d'une tunique de velours rouge bordée de fourrure.

Bois. Haut., 52 cent.; larg., 40 cent.

(Ancienne Collection G. de M.)

GILLOT (Claude)

46 — *La Danse champêtre.*

Des paysans dansent au son de la musique jouée par un vieillard et un hautboïste.

Toile. Haut., 55 cent.; larg., 45 cent.

GIORDANO

47 — *Daphnée changée en laurier.*

> Toile. Haut., 99 cent.; larg., 1 m. 36 cent.

FRANCK

48 — *Festin.*

> Cuivre. Haut., 34 cent.; larg., 28 cent.

Cadre Louis XIII, en bois sculpté.

GREUZE (Attribué à J.-B.)

49 — *La Petite Fille au chien.*

> Une petite fille assise dans une chaise de paille, coiffée d'un bonnet de linge blanc, vêtue d'une chemise, tient dans ses bras un chien.

> Toile. Haut , 64 cent.; larg., 53 cent.

L'exécution maîtresse de cette œuvre nous porte à croire qu'elle est une réplique de la main de l'artiste.

GUARDI (École de)

50 — *L'Arsenal, à Venise.*

> Toile. Haut., 54 cent.; larg., 74 cent

HEEM (École de DAVID DE)

51 — *Nature morte.*

> Un citron pelure posé dans un plat d'argent, puis un sablier, un verre rempli de vin, un théorbe, des pièces d'orfèvrerie, et un vase de Chine dont la base est recouverte d'une serviette.

> Toile. Haut., 38 cent.; larg., 28 cent.

(Ancienne Collection du Marquis de H.)

HEEMSKERK

52 — *Le Buveur qui rit.*

Haut., 22 cent.; larg., 17 cent. 1/2.

HEEMSKERK

53 — *Une Tabagie.*

Autour d'un tonneau, des buveurs assis fument leurs pipes.

Signé du monogramme en bas.

Toile. Haut., 39 cent.; larg., 51 cent.

Pendant du suivant.

HEEMSKERK

54 — *La Partie de cartes.*

Dans un intérieur, deux paysans jouent aux cartes sur un banc, leurs compagnons suivent avec intérêt les péripéties de la partie.

Toile. Haut., 39 cent.; larg., 51 cent.

Pendant du précédent.

HUYSUM (École de VAN)

55 — *Nature morte.*

Melon, grenade, pêches, raisins et un pichet de grès posés sur un entablement de pierres.

Toile. Haut., 60 cent.; larg., 78 cent.

LAGRENÉE L'AÎNÉ

56 — *Nymphes lutinant un satyre.*

— *L'Hyménée.*

Esquisses. Deux pendants.

Toiles. Haut., 40 cent.; larg., 32 cent. 1/2.

58. — LARGILLIERRE (Nicolas de)

LAJOUE (Attribué à Jacques de)

57 — *Jeune seigneur et sa femme suivis d'un nègre.*

Ils sont appuyés sur une balustrade, sur laquelle se dresse un magnifique vase de bronze doré.

Toile. Haut., 75 cent.; larg., 44 cent.

LARGILLIERRE (Nicolas de)

58 — *Portrait de la Comtesse Boin de Brunel.*

Elle est vue de face, les cheveux poudrés à frimas ornés d'un bouquet de fleurs, vêtue d'un corsage de soie légèrement décolleté retenu par une agrafe, un bouquet de gros œillets posé sur le sein gauche, elle a le dos enveloppé d'une écharpe de soie rouge à liseré d'argent.

Derrière elle, une balustrade à colonnes ; au fond, à droite, des arbres se détachant sur un ciel nuageux.

Toile. Haut., 81 cent.; larg., 65 cent.

Signature au verso.

Peint par de Largillierre : 1730.

Cadre de la Régence en bois sculpté et doré.

LARGILLIERRE (École de Nicolas de)

59 — *Portrait de Jeune Femme.*

Elle est vue à mi-jambes de face vers la droite, la chevelure poudrée à frimas et vêtue d'une robe de soie jaune ; elle retient de la main droite les plis d'une écharpe rose, sa main gauche est posée sur un entablement en pierres, recouvert d'un grand rideau bleu ; derrière, à gauche, une colonnade de pierres se détache sur le fond d'un parc.

Toile. Haut., 60 cent.; larg., 49 cent.

LE FEBVRE (École de CLAUDE)

60 — *Portrait de M. Catin de Richemont, Conseiller au Parlement de Bourgogne.*

De face à droite jusqu'aux genoux et debout, vêtu d'un manteau de velours à bordure de brocart d'or, la main droite appuyée sur la hanche, il tient, dans la gauche, ses gants.

Toile. Haut., 1 m. 25 cent.; larg., 1 mètre.

LUINI (École de BERNARDINO)

61 — *Le Sommeil de l'Enfant Jésus.*

Bois. Haut., 1 m. 24 cent.; larg., 94 cent.

MABUSE (École de GOSSAERT)

62 — *Portrait de Femme.*

En buste de trois quarts vers la droite, la tête couverte d'un bonnet de linge, au cou une fraise, elle est vêtue d'un corsage de velours noir à liseré d'or.

Bois. Haut., 40 cent.; larg., 32 cent.

Le fond a été repeint.

MARIANO

63 — *L'Envoi.*

Une poule vivante est attachée par les pattes à l'anse d'un panier d'osier.

Toile. Haut., 75 cent.; larg., 54 cent.

Pendant du suivant.

MARIANO

64 — *Les Deux Pigeons.*

Un couple de pigeons vivants est posé sur un entablement de pierres, derrière un melon ; dans le fond,
deux lapins pendus par les pattes.

Toile. Haut., 75 cent.; larg., 54 cent.

Pendant du précédent.

MARIO NUZZI (dit Mario di Fiore)

65 — *Oiseaux de diverses espèces perchés sur un
arbre et volant dans l'espace.*

Cuivre. Haut., 48 cent.; larg., 61 cent.

Deux pendants.

MEEL (Jean)

66 — *Halte de Paysans devant une auberge.*

Toile. Haut., 40 cent.; larg., 49 cent.

MOLENAER

67 — *Réjouissance dans un cabaret.*

Des paysans et leurs compagnes, les uns à table, les
autres debout, boivent et chantent.

Cuivre. Haut., 20 cent.; larg., 26 cent.

Signés en bas à droite.

(Ancienne Collection du Marquis de H.)

MONNOYER (J.-B.)

68 — *Pivoines, œillets, fleurs d'oranges et lilas
posés dans un vase d'argent, sur un entablement
de pierre.*

Haut., 90 cent.; larg., 70 cent.

Pendant du suivant.

(Ancienne Collection du Marquis de H.)

MONNOYER (J.-B.)

69 — *Roses printanières et chèvre-feuilles, dans un vase.*

Haut., 90 cent.; larg., 70 cent.

Pendant du précédent.
Cadre Louis XIV, bois sculpté.

MURILLO (Esteban)

70 — *Saint Jean se désaltérant à une coupe que lui présente un ange.*

Derrière, d'autres anges apparaissent dans les nues.

Toile. Haut., 1 m. 05 cent.; larg., 1 m. 20 cent.

OUDRY (J.-B.)

71 — *Portrait d'un petit chien blanc.*

Robe à poils ras, sur un coussin de velours bleu à passementeries d'or, se détachant sur un paysage.

Signé en bas à droite.

Toile. Haut., 59 cent.; larg., 73 cent.

PANINI (École de)

72 — *Personnages dans des ruines.*

Ruines dans un paysage, ornées de personnages.

Toile. Haut., 52 cent.; larg., 70 cent.

Deux pendants.

POURBUS (École de L.)

73 — *Portrait de Diégy, lieutenant-général du Bailliage de Chaumont.*

Vu en buste, coiffé d'un bonnet noir, vêtu d'une robe de drap noir.

Bois. Haut., 49 cent.; larg., 40 cent.

74. — RIGAUD (H.)

RIGAUD (Hyacinthe)

74 — *Portrait de l'Artiste.*

Vu jusqu'aux genoux, de face, coiffé d'un bonnet de velours à calotte d'or, la chemise entr'ouverte, vêtu d'un habit de velours brun à boutons d'or, la taille prise dans une ceinture de soie bleue brodée d'or, un manteau de velours sombre doublé de satin noir couvre son épaule gauche, la main appuyée sur la hanche, la droite est posée sur une console.

Dans le fond, à gauche, on aperçoit une colonne de pierre.

Signé et daté en bas à gauche.

Cadre Louis XIV en bois sculpté et doré.

Ce beau portrait est un des rares spécimens de ce maître quant à la signature et à la date.

ROBERT-HUBERT

75 — *La Colonnade.*

— *Le Feu de joie.*

— *La Voûte.*

— *La Cascade.*

Toiles rondes, marouflées sur carton.

Diam., 16 cent.

RYCKAERT (École de)

76 — *L'Opération chirurgicale.*

Un chirurgien panse la blessure d'un vieillard assis dans un fauteuil ; derrière, sa femme regarde attentivement ; plus loin, à droite, un paysan tient une terrine dans la main ; à terre, une marmite et sur un coffre des fioles et instruments de chirurgie.

Bois. Haut., 35 cent. ; larg., 46 cent. 1/2.

(Ancienne Collection du Marquis de H.)

SCHEFFER (Ary)

77 — *Portrait de Louis-Philippe.*

Vu en buste de trois quarts vers la gauche, il est vêtu de la tunique de maréchal de France et porte en écharpe le grand cordon de la Légion d'honneur.

Toile. Haut., 11 cent., larg., 15 cent.

(Offert par le Roi.)

STEEN (D'après J.)

78 — *L'Intempérance.*

Une jeune femme assise dans un intérieur, appuyée sur une table recouverte d'un tapis, des médecins et un aide préparent une ordonnance et sa médication.

Bois. Haut., 51 cent ; larg , 41 cent.

TENIERS, David le Père (Attribué à)

79 — *L'Orgie au cabaret.*

Un paysan couronné de linge s'est jeté à la renverse sur le dos d'un camarade accroupi à terre ; autour de lui une femme debout, un veau près d'elle, et deux buveurs chantent ; dans le fond, près de la cheminée, un paysan embrasse une femme.

Cuivre. Haut., 29 cent.; larg..39 cent.

TENIERS, David le Vieux (Attribué à)

80 — *Le Marchand de cochons.*

Un vieillard accepte le marché que lui propose un jeune homme qui lui frappe dans la main ; un compagnon se tient derrière appuyé sur sa canne, et plus à gauche un domestique tient un cochon par les oreilles ; un peu plus à droite, un petit chien s'avance.

Cuivre. Haut., 29 cent.; larg., 34 cent.

VERDUSSEN (Jean-Pierre)

81 — *L'Inondation.*

> Une foule de paysans et leurs femmes, les uns dans un bac, d'autres à califourchon sur des chevaux, d'autres encore emmenant leur bétail, traversent la campagne inondée.

> Toile. Haut., 49 cent.; larg., 62 cent.

Signé en bas à gauche.

VELASQUEZ (D'après)
(COPIE ANCIENNE)

82 — *Portrait de Philippe IV, vu à mi-jambes.*

> Toile. Haut., 22 cent.; larg., 1 mètre.

VERNET (Carle)

83 — *Italiens fuyant devant la malaria.*

> Un haquet, attelé d'un cheval blanc et sur lequel sont montés deux hommes, se dirige vers la gauche ; au pied des rochers, à droite, deux Italiennes sont assises ; à l'extrême gauche, deux jeunes garçons montés sur des ânes conduisent un troupeau de chevaux et de chèvres.

> Toile. Haut., 74 cent.; larg., 99 cent.

Signé et daté en bas au milieu.

Cadre Louis XIV en bois sculpté et doré.

VERNET (D'après Joseph)

81 — *La Danse italienne.*

> Deux jeunes femmes et leurs compagnes dansent au son de la musique sous de grandes arcades rocheuses.

> Toile. Haut., 62 cent ; larg., 77 cent.

VÉRONÈSE (École de PAUL CALIARI, dit)

85 — *Le Génie de la Peinture.*

Toile. Haut., 1 m. 15 cent.; larg., 1 m. 47 cent.

Cadre Louis XIII en bois sculpté doré.

WATTEAU (D'après ANTOINE)

86 — *Arlequin et Colombine.*

Arlequin levant son masque enlace Colombine assise à côté de lui ; dans le fond, cinq personnages chantent et jouent.

Toile. Haut., 38 cent.; larg., 29 cent.

Sujet gravé par THOMASSIN.

NOTA. — *Nous ne garantissons pas le titre de cette composition.*

WATTEAU (D'après ANTOINE)

87 — *Arlequin et Colombine.*

Estampe gravée par THOMASSIN.

88 — Tableaux omis.

RED. :

21

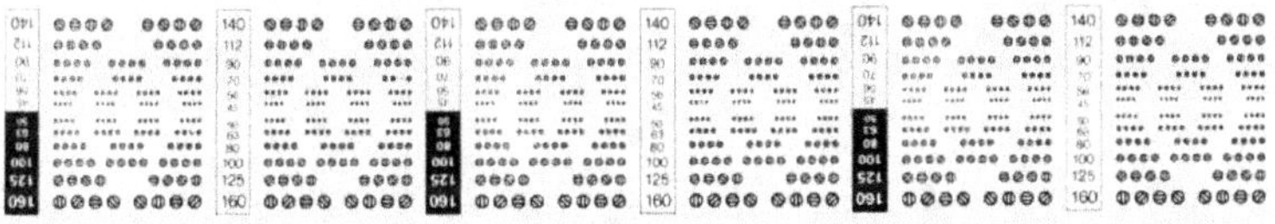

graphicom

MIRE ISO N° 1
NF Z 43-007
AFNOR
Cedex 7 - 92080 PARIS LA DEFENSE

0 1 2 3 4 5 6 7 8 9 10